獻給森林與無花果，附上群山的愛。
—— 艾咪・亨廷頓

獻給親愛的麥特，你是從以前到以後一直都陪著我的巨石。
—— 南希・雷蒙

作者|
艾咪・亨廷頓（Amy Huntington），作家、插畫家，2017年兒童專業貢獻獎（Child Success Focus Fellowship）得主。現在和丈夫、2隻貓、20隻母雞、1隻公雞、1隻吳郭魚和2隻綿羊住在美國佛蒙特州。她的個人網頁：www.amyhuntington.com

繪者|
南西・雷蒙（Nancy Lemon），熱愛動物。在一所國中的獸醫辦公室擔任志工，辦公室裡有一隻11公斤重、名叫巴比的虎斑貓，是她見過最胖的貓。南西和她先生、2個充滿想像力的小孩，以及1隻高飛狗一起住在美國南加州的查爾斯頓。她的個人網頁：www.nancylemon.com

譯者|
蔡祐庭（柚子），國立台灣大學心理系畢業，資深園藝治療師，臺北市藝術統合教育研究會共同創辦人。長期關注環境議題，享受和兒童與多元族群的朋友工作與生活，期待人終將學會如何和世界和諧共生。著有《綠生活療育手冊：100則園藝治療心處方》一書，譯作《請把燈關了》繪本，皆獲「好書大家讀」推薦。

審定|
游能悌，台灣大學地質科學博士、清華大學通識教育中心副教授。

社長|陳蕙慧　副總編輯|陳怡璇　特約主編|胡儀芬　責任編輯|胡儀芬
美術設計|陳宛昀　行銷企畫|陳雅雯、余一霞
讀書共和國集團社長|郭重興　發行人兼出版總監|曾大福
出版|木馬文化事業股份有限公司　發行|遠足文化事業股份有限公司
地址|231 新北市新店區民權路108-4號8樓
電話|02-2218-1417　傳真|02-8667-1065　Emai|service@bookrep.com.tw
郵撥帳號|19588272 木馬文化事業股份有限公司　客服專線|0800-2210-29

印刷|凱林彩色印刷股份有限公司
2022（民111）年 8 月初版一刷
定價|450 元　ISBN|978-626-314-229-9
有著作權・翻印必究

HOW TO MAKE A MOUNTAIN
Text © 2022 by Amy Huntington.
Illustrations © 2022 by Nancy Lemon.
First published in English by Chronicle Books LLC,
San Francisco, California.
This edition arranged with Chronicle Books LLC
through BIG APPLE AGENCY, INC., LABUAN, MALAYSIA.
Traditional Chinese edition copyright:
2022 ECUS PUBLISHING HOUSE
All rights reserved.

我們來造一座山

艾咪‧亨廷頓——著　南希‧雷蒙——繪　蔡祐庭——譯　游能悌——審定

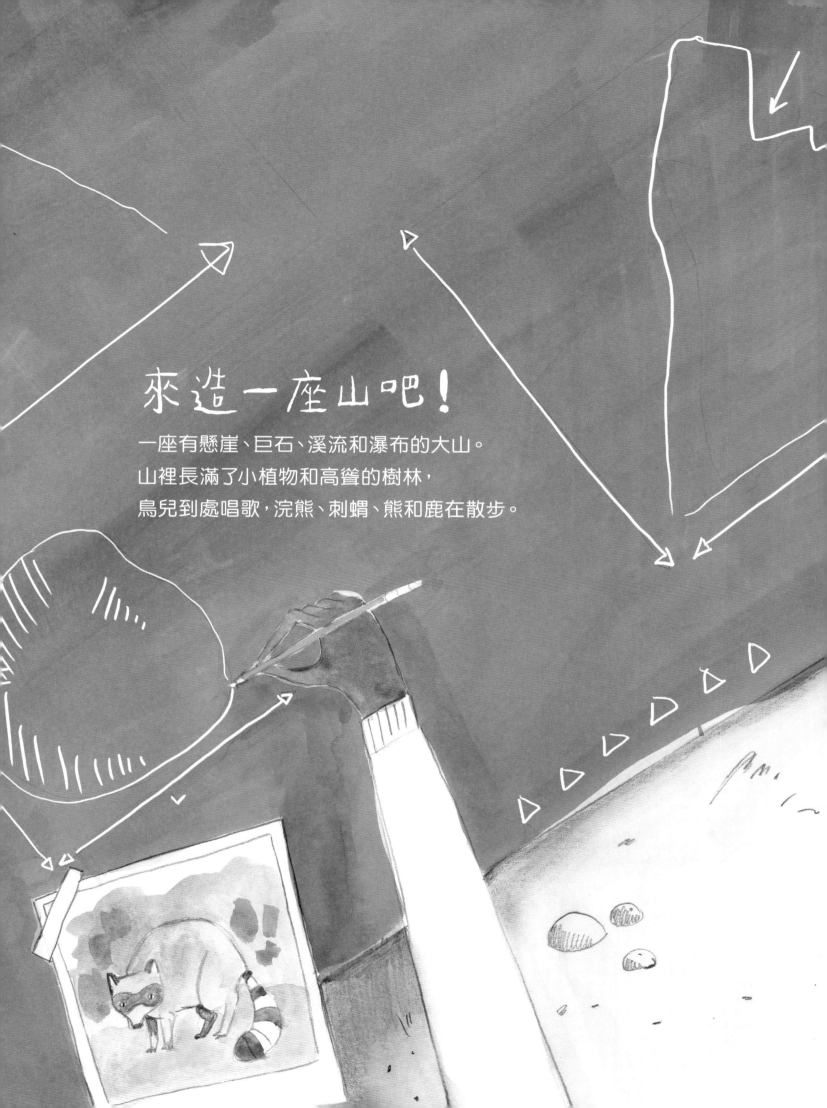

來造一座山吧！

一座有懸崖、巨石、溪流和瀑布的大山。
山裡長滿了小植物和高聳的樹林，
鳥兒到處唱歌，浣熊、刺蝟、熊和鹿在散步。

當然你也會想要一處鳥瞰下去，
到處是岩石、風很大的山頂。

這可是個大工程，需要花一點力氣和很多很多的耐心，
但過程也充滿刺激冒險喔！

背好行李，準備來場
一生難忘的終極挑戰吧！

找一顆石頭

造一座山要花千百萬年的時間。

但一切從一顆大石頭開始。

不夠大

再大一點

再大！

再大大大！

← 超級

無敵大！ ➡

像海岸線那樣寬，3000公尺那樣高。

完美！　但這顆大石頭要怎麼變成一座山呢？

第 2 步

碰撞
和推擠

當大陸碰撞時，
山就形成了。
沒錯，陸地會移動喔！

它們會漂離開，也會撞在一起。

你很難察覺到，因為它們的移動和你長指甲的速度一樣快。

當大陸撞在一起，岩石會順著邊緣皺起來。
你把陸地想像成一張小毯子，如果你把毯子往中間擠壓，
它就會產生皺褶。這些皺褶就是山喔！

現在，你面前的不是一張毯子，
而是一塊硬硬的石頭。
而且你要想辦法讓它變皺。

準備好了嗎？

把手放上去,站穩腳步,用力推。

用力力力力力力推!
再用點力!
還沒變皺嗎?

你需要一些幫忙,不,是很多幫忙!
這個步驟需要花點時間——幾百萬年的時間。
說真的,但願你有帶些點心在身上。

第 3 步
河流和山崩

呼!真是件苦差事。

你已經把陸地推擠成一座不錯的山——
事實上,應該是一座山脈。

好巨大!

我在想，這座山需要
多一點特色吧！

多一些陡峭的山溝應該不錯吧！
這個步驟需要花時間，以及天氣的配合，
越多越好。

幸運的是，下在山頂的雨和雪比山谷裡多，
因為上面比較冷。

當潮溼空氣往上升，要越過山脈時，會慢慢變冷。
變冷的空氣無法抓住水氣，只好降落，形成雨或雪。

雨水從你的山上流下來，會開始雕刻岩石，
形成很深的峽谷。山越陡峭，河流就越湍急，
也會帶來更大的山崩！

找一個掩護吧！
在你的山坡上找找看，會不會剛好有個洞穴。

幾千年後，你將有一座崎嶇的山！
但還沒大功告成。

你的山還需要多一點調整，
不如考慮找一條冰河來幫忙。

冷凍

地球有一段漫長的氣候變遷史。

天氣會從溫暖變寒冷又變回溫暖，有時候變化很小，有時很大。
五千萬年前的地球非常溫暖。沒錯！那時鱷魚的祖先就住在北極。
但或許你並不想要遇到一隻巨大的爬蟲類。

不過等等！兩千五百萬年前，氣候進入了冷颼颼的時期。

冰河開始在北極、南極和比較高的地方形成，那裡通常比較冷。

雪隨著時間越堆越高，然後被壓成一大片很密實的冰，

接著開始慢慢滑動，形成了冰河，

就像一台推土機一樣，把所有經過的東西都刮光光。

再見了鱷魚……
該是離開雪地
的時候了。

製造一條冰河，
你需要用很長的時間，下很多的雪。
嗯，記得要前往北方。

盡可能收集所有最冷的天氣，
還有無數台冰雪製造機。

這需要花點時間，大概是好幾萬年吧！
請戴上最暖的手套，開始練習建造冰的技巧。

這會是件冷颼颼的差事！

當雪不停的下，冰河會變大和滑動，
它雕刻你的山，切割出更深的山谷。

冰河裂隙

在某些地方，
冰河層的厚度可以高達1600公尺以上。

（小心！千萬別掉進任何裂隙裡）

冰河滑過你的山，山裡的岩石一面被刮下來的同時，
也被倒了出來。

不過，你什麼也看不到，
因為這一切都發生在厚重的大冰塊底下！

⋯⋯接下來呢？

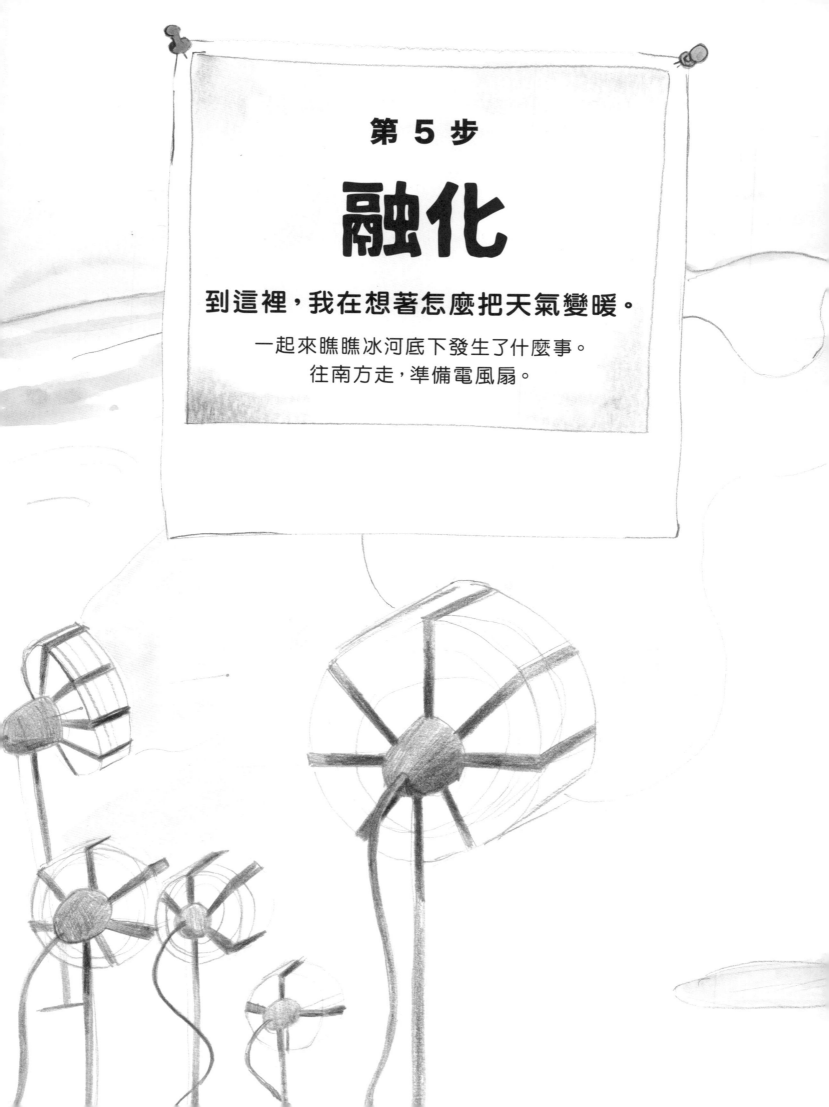

第 5 步
融化

到這裡，我在想著怎麼把天氣變暖。

一起來瞧瞧冰河底下發生了什麼事。
往南方走，準備電風扇。

往北方吹一些南方溫暖的風，
開始融化冰塊。

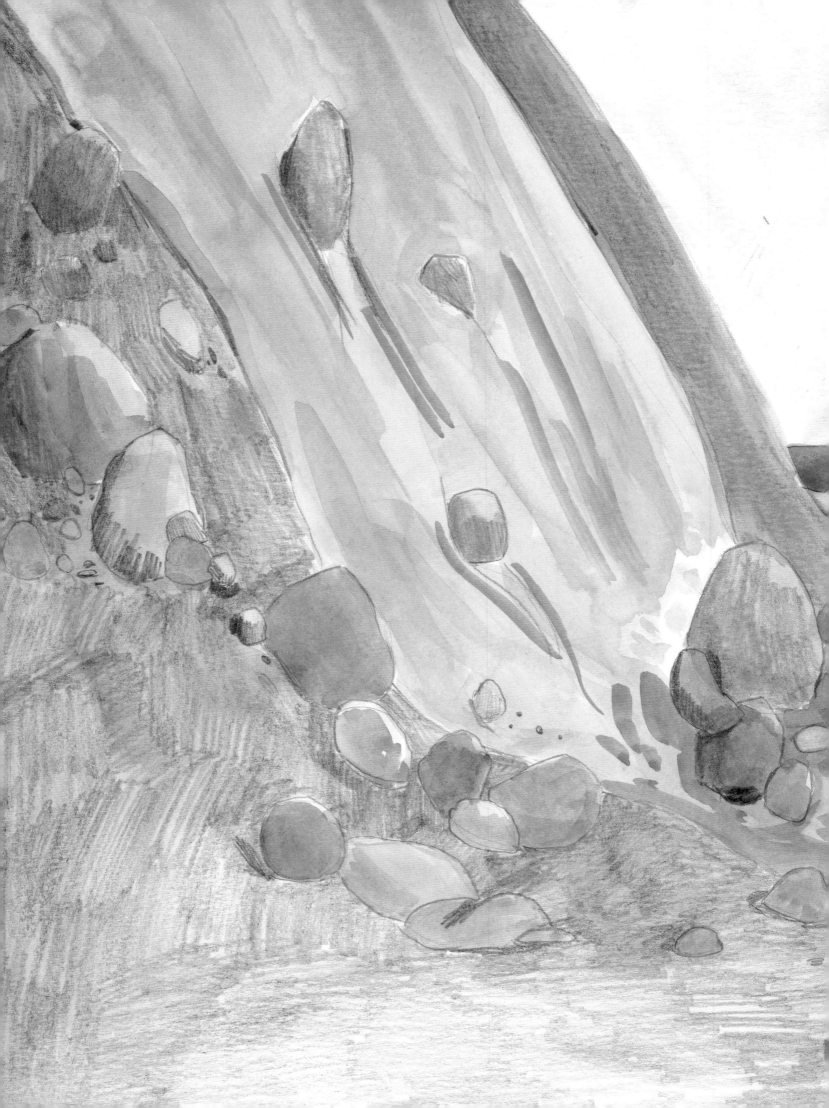

溫度在改變，你感覺到了嗎？

把手套脫了吧！

融化的冰變成了河流。
幾千年來被刮出來的小碎石、大石塊和巨石將被沖到下游。
這些石頭甚至會堵住山谷，形成一座湖泊。
你有帶一艘獨木舟吧？

一萬多年之後，你終於見到你的山了。
真漂亮！

風、冰和熱會持續的侵蝕岩石，同時溪流和瀑布也一起幫忙。
現在山的形狀真好看。

只可惜……你這座石頭山看起來有點光禿禿。

土壤

我猜你現在等不及想加點綠色上去吧！

你現在有個完美的環境給許多植物，
不過少了一個小細節——土壤！
當你的冰河融化後，留下了沙粒、淤泥和黏土。
這是個好的開始，試著放一些地衣上去。

地衣看起來像植物，
但其實是真菌和藻類的結合。

把地衣放到岩石上，它們會慢慢分解石頭，
釋放出礦物質給植物帶來營養。

這是個很慢 慢 慢 慢 的過程，
不過在你等待的同時，
可以來想想植物清單。

第 7 步

植物

各式各樣的植物
生長在山中。

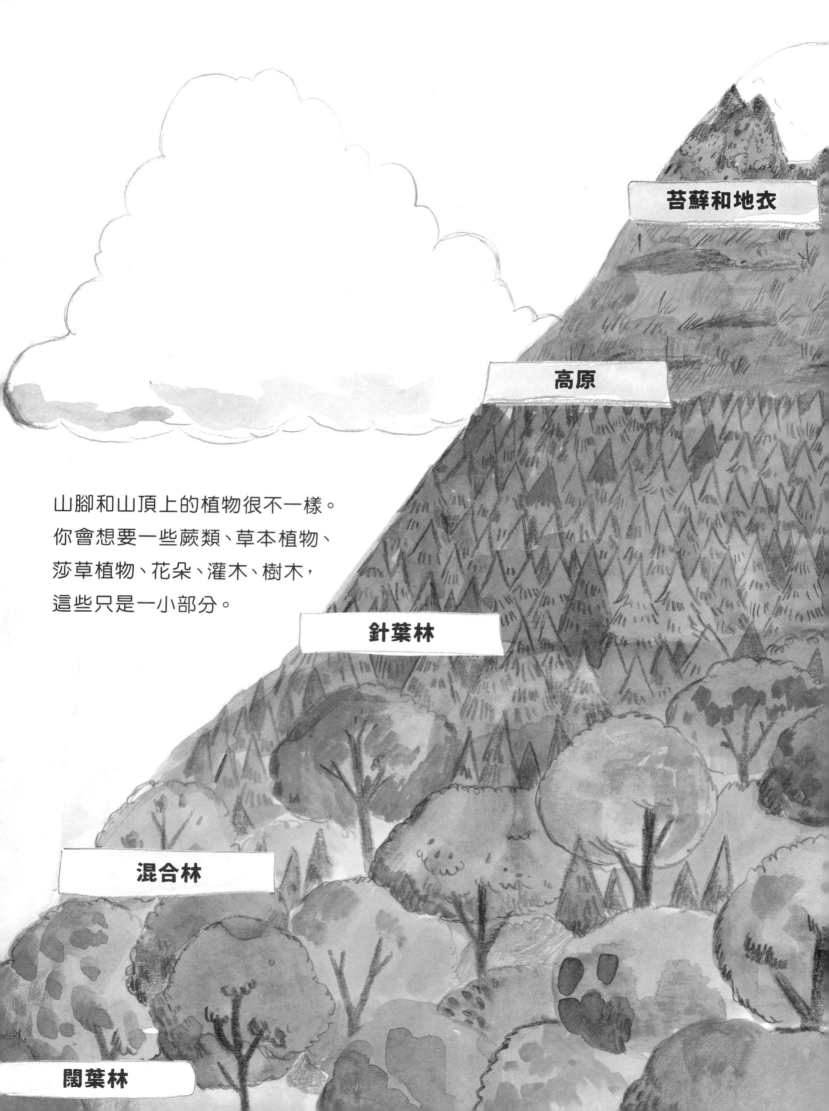

苔蘚和地衣

高原

山腳和山頂上的植物很不一樣。
你會想要一些蕨類、草本植物、
莎草植物、花朵、灌木、樹木，
這些只是一小部分。

針葉林

混合林

闊葉林

山頂上的植物要有能力
面對寒冷、多風和冰雪。

山腳下的植物
會長得又高又大。

在其他山裡，植物的種子用許多方式傳播。

有時候動物吃了果實，會在附近或其他地方，
透過便便把種子排出來。

一隻鳥可能會把種子丟在一塊土上，
種子就在那裡發芽了。

但是在這個自己動手做的計畫裡，你得要自己種植物。

當你的地衣繼續做它們的工作，
風、冰雪和水也正在慢慢的分解岩石變成營養的土。
你可以開始多種一些苔蘚和小植物。

你看！當它們死掉腐爛了，會變成更多的土壤。
可以讓這個步驟花個幾千年或更久一點。

第 8 步
動物
還少了什麼？動物！！

你可以請動物們從附近搬到你的山裡住，
但這是你的計畫。

所以當你加入植物時也要加入動物，
從小昆蟲、蛇、蠑螈、蛙、鼠，
到松鼠、浣熊、臭鼬、鳥、熊、鹿、山貓，
還有麋鹿。

更多植物表示有更多的食物
來養活更多動物。

你會變得很忙，
但你的山會漸漸的充滿野性與生機，
而你也漸漸的來到計畫的尾聲。

這真是個漫漫漫長長長的計畫！
你已經打造了一座完整的山。
在這裡萬物生長，綠意盎然。

恭喜你！
你做到了，而且做得很棒！
還剩最後一步。

第 9 步

守護

好好的照顧這座山。

整個來說，你會發現山其實不太需要管理，
但你的山還是需要你的看管。

你需要讓溪流保持乾淨，
讓熊有滿滿的藍莓和堅果可以吃。
加上幾條步道讓人們可以拜訪你的山。

你也會想介紹登山客們認識山上的美麗高原，
還有在岩壁上築巢的渡鴉或山貓。

樹很健康嗎?你有在關心鳥嗎?

這確實是個大工程,
但畢竟你打造了一座山,是吧!

我想你做好準備了!

現在，爬上狹窄的步道，
越過陡峭的懸崖和瀑布，來到滿是岩石的山頂。

我好愛那座湖，小山丘也造得真好！

你終於大功告成了！

啊……啊呵！

我們在這裡坐一會兒吧。
你有帶點心嗎？

打造你的山

還可以這麼做！

高原：如果你造好了一座高山，山上能有一座高原就更完美了！你會發現高原上的植物和苔原、高山頂峰或冰河融化後所長出的植物很類似。

冰斗：看起來像超級大的半個碗，位在冰河圈谷頂端，是由冰所鑿出來的。很酷的是，在炎熱的夏季，有時候還可以在冰斗裡發現沒融化的冰。

冰河漂礫：指的是在冰尚未融化前，被冰河帶著進行漫長旅程的巨大岩石。地質學家能根據漂礫的原產地發現一些關於冰河如何遷移的資訊。你的山腰旁、山丘上或草原上，要是有漂礫，會很加分喔！

冰河漂礫

登山步道：如果你想把山開放給登山客爬，你會需要規劃一些步道。你可以規劃一些簡單路線和一些更難的攀登路線。

如果你沿著步道鋪設短木頭，它們會把雨水隔開、方便行走，當泥濘的時候也可以保護植物。

你已經幫你的山取好名字，但現在你也需要替一些特殊景觀和路線取名字、設立路標和里程距離。你可以根據登山客沿路會看見的景觀來替路線取名字，例如：「連峰步道」會帶著人們越過山脈的鞍部，「鐵杉步道」會穿越一片美麗的鐵杉林。

高山矮林

高山矮林：德語的原義是「彎曲或扭轉的樹」。當你爬到山頂上，就會在苔原的下緣周遭看見這些低矮的樹。它們可能是冷杉、雲杉或樺木。風和冰雪會讓樹發育不良，往側邊生長，長成千奇百怪的形狀。

露頭：指的是露出地面的岩層。花崗岩是絕佳的岩層，因為它非常耐久。在你的山坡半路加一塊花崗岩露頭，可以在山谷上提供額外的風景。

隘口、鞍部和埡口：要是你野心勃勃，不只有一座山，而是兩座！當你沿著兩座山的稜線走，最低的點就叫做隘口、鞍部或埡口。

水池：高山上也會出現水池。你可以用不同方式來做水池。例如利用冰河挖出來的凹處，或是邀請一對很會建築的河狸沿著小溪往上爬。

冰河擦痕：你想要在外露的岩石上加上一些紋理嗎？可以考慮一下冰河擦痕。這是冰河經過岩床後刮出來的條紋。好看喔！

冰河擦痕

春季水池

崖錐：經過天氣和樹根經年累月的作用，有些懸崖會崩塌，在巨大厚重的岩石底下形成一大片山坡。這些坡上的岩石碎片就叫做「崖錐」。加上一些崖錐，給你的山一些變化。

春季水池：每年春天，可以考慮在你的山裡放一些暫時性的水池。這些水池是每年許多青蛙、蟾蜍和蠑螈繁殖的地方，夏天就會乾掉。

後 記

地球和山脈的故事是很複雜的。山是透過許多不同的力量，經過許多不同方式所形成的。

地球表面是由很多巨大的岩石板塊組成。這些板塊支撐著陸地和海洋。經過幾十億年的時間，這些板塊緩慢的移動著，被拉開和結合，刮過來，彎過去，又折過來，甚至變成岩漿噴發出來。

地質學家透過研究世界各地的岩石，知道了板塊如何移動，以及地球底下的力量過去（現在仍然是！）如何造山。科學家們也研究冰河和其他的侵蝕力量，在重新打造陸地與海洋上扮演著什麼樣的角色。

而地球的歷史持續的展開著。今日我們所看到的山和幾百萬年前大大不同。居住其中的植物和動物也很不一樣。地球不斷的變化著，板塊持續的漂移，冰河也繼續雕刻著。河流侵蝕著山脈，將山谷填滿了沙子、碎石和石塊。從今天算起，幾百萬年後的某一天，我們所熟悉的山將會消失，而新的山將會升起。

這一切的發生需要非常多的耐心等待、一次好的推擠，和一塊很大很大的岩石。

給讀者的話

這本溫柔又可愛的繪本，以「大山打造指南」的趣味手法，濃縮呈現一座山從造山作用到生意盎然的千百萬年經歷，並帶出地球科學如造山運動、侵蝕作用、水循環等的基本概念。

內容中提到的動植物，是屬於美洲地域的，台灣看不到，例如浣熊、臭鼬、山貓、蠑螈、雲杉、樺樹等。在特別篇中，有些地質特徵也是台灣看不到的，例如高原、冰斗裡沒有融化的冰、冰河漂礫等。

不過特別的是，我們居住的台灣是兩個板塊推擠而成的一座多山島嶼，地形豐富多樣，孕育出的動植物也屬獨特，例如台灣沒有蠑螈，但是有山椒魚；沒有山貓，但是有石虎；沒有渡鴉，但是有巨嘴鴉、小嘴烏鴉和禿鼻鴉。台灣唯一的熊是「台灣黑熊」，全身黑漆漆，胸口有一道可愛的V字形白毛，喜愛各種果實和殼斗科堅果，也會吃其他動物、昆蟲、魚和蟹。台灣沒有雲杉和樺樹，在台灣高山寒原比較常見的樹種則是冷杉和玉山圓柏。

說到地質景觀，台灣也有冰河地形，只是在很高的山上，不容易看到，例如冰河時期的冰斗遺跡。台灣高山更有少見的高山湖泊和溫泉；台灣本島沒有花崗岩，砂岩沉積構造等地質景觀反而更常見。

我們居住的環境擁有著非常豐富的山林資源，只要你走進山林，你就會發現，這些具有千百萬年生命的山林生態，如此美麗與獨特。

小木馬編輯部